CATALOGUE

D'UNE COLLECTION

DE

TABLEAUX

ANCIENS

ET QUELQUES MODERNES

Des Écoles Française, Hollandaise, Flamande et Italienne

PLUSIEURS BELLES BORDURES DORÉES

dont la vente aux enchères publiques aura lieu

HOTEL DES COMMISSAIRES-PRISEURS

RUE DROUOT, N° 5

SALLE N° 2, AU 1er

Le Mercredi 24 Mars 1858, à 2 heures précises

Par le ministère de M° **DELAHAYE**, Commissaire-Priseur
rue Montmartre, 52

Assisté de M. **DHIOS** fils, Appréciateur, rue Lepeletier, 33

CHEZ LESQUELS SE DISTRIBUE LE CATALOGUE

EXPOSITION PUBLIQUE

Le Mardi 23 Mars, de midi à cinq heures

1858

EXEMPLAIRE DE DHIOS

31
11
44
4
[illegible]

80
78
13[illegible]

7
4
17
72
68

12
2[illegible]
20
[illegible]
[illegible]
16
40
40
4[illegible]

40

4[illegible]

[illegible]
[illegible]
10[illegible]

362

CATALOGUE

D'UNE COLLECTION

DE

TABLEAUX

ANCIENS

ET QUELQUES MODERNES

Des Écoles Française, Hollandaise, Flamande et Italienne

PLUSIEURS BELLES BORDURES DORÉES

dont la vente aux enchères publiques aura lieu

HOTEL DES COMMISSAIRES-PRISEURS

RUE DROUOT, N° 5

SALLE N° 2, AU 1ᵉʳ 

Le Mercredi 24 Mars 1858, à 2 heures précises

Par le ministère de Mᵉ **DELAHAYE**, Commissaire-Priseur
rue Montmartre, 52

Assisté de **M. DHIOS fils**, Appréciateur, rue Lepeletier, 33

CHEZ LESQUELS SE DISTRIBUE LE CATALOGUE

EXPOSITION PUBLIQUE

Le Mardi 23 Mars, de midi à cinq heures

—

1858

CONDITIONS DE LA VENTE

Elle sera faite au comptant.

Les acquéreurs payeront, en sus des adjudications, cinq pour cent applicables aux frais.

DÉSIGNATION

DES TABLEAUX

PATEL.

1 — Vue d'un port de mer d'Italie.

BRUANDET.

2 — Lisière d'un bois bordé par un chemin orné de
figures.

CRÉPIN.

3 — Paysage avec cascades.

MAAS (Nicolas).

4 — Dans un parc, on voit une dame de qualité assise;
elle est entourée de deux jeunes filles.

HORACE VERNET (d'après).

5 — Le Cheval du trompette.

LE MÊME (d'après).

+ 6 — Le Chien du régiment.

Pendant du précédent.

Ces deux tableaux sont de belles reproductions.

OUDRY (Jean-Baptiste).

+ 7 — Chien de garde couché.

DU MÊME.

+ 8 — Chien en arrêt devant des perdrix.

ROBERT-HUBERT.

9 — Paysage, rivière traversée par un pont; à gauche, on voit la tour d'un vieux château en ruines: cette composition est animée par de jolies figures.

GIOTTO (École de).

10 — La sainte Vierge allaitant l'Enfant-Jésus; deux anges, en adoration, sont agenouillés à ses côtés et contemplent l'Enfant-Jésus.

Sur le panneau de droite est représentée sainte Catherine tenant d'une main la palme de martyre et de l'autre un livre.

Sur le panneau de gauche est représenté saint Jean, tenant d'une main la sainte Croix et de de l'autre indique que là est le Sauveur du monde.

Dans la partie supérieure et au milieu d'ornements de forme ogivale en relief, sont deux médaillons qui représentent l'Annonciation. Ce précieux tableau est peint sur fond d'or et est de petite dimension.

WISCHER.

11 — Pâtre gardant des vaches.

BERKEYDEN.

12 — Intérieur de ville.

PRÉVOST.

13 — Roses et autres fleurs.
(Peinture sur porcelaine).

FRÉRET (Armand).

14 — Tête de jeune fille.

PRÉVOST.

15 — Vase contenant des fleurs.
(Peinture sur porcelaine).

XAVERY (Roland).

16 — Paysage montagneux avec figures sur le premier plan.

FRÉRET (Armand).

13 4 + 17 — Village au bord d'une rivière.

DU MÊME.

19 4 + 18 — Femme demi-nue couchée dans un bois.

TRINQUESSE.

35 . + 19 — Le Repentir, charmante scène d'intérieur.

ÉCOLE HOLLANDAISE.

10 4 + 20 — Portrait de jeune femme en robe de satin.

UDEN (Van Lucas).

37 4 + 21 — Paysage avec fabriques, animé par de jolies figures.

PATEL.

7 4 + 22 — Paysage avec ruines d'architectures.

CUIP (Albert).

30 + 23 — Étude d'une main.

WOUVERMANS (Pierre).

22 4 + 24 — Combat entre cavaliers.

HEUCH (Guillaume de).

6 # + 25 — Paysage avec figures et animaux.

DUGHET (Gaspard dit le Poussin).

26 Paysage ; un ruisseau coule au bord d'un bois ; plusieurs figures animent ce tableau.

ALBRIER.

27 — Portrait de jeune femme coiffée d'un chapeau de paille orné de plumes ; sur son sein, à demi découvert, est attachée une rose.

De HONDT (le chevalier), genre de Teniers.

28 — Choc de cavalerie.

HOET (Gerard).

29 — Dans l'intérieur d'un temple un grand nombre de jeunes femmes viennent apporter leur offrande à Vénus Génitrice.

FRERET (Armand).

30 — Intérieur d'un parc du temps de Louis XV, animé par de jolies figures, peint au pastel.

FRAGONARD (Honoré).

31 — Le Verrou.

DIÉTRICH.

32 — Suzanne au bain.

MICHEL.

33 — Vue des environs de Paris sur les bords de la Seine, paysage orné de figures et animaux.

KALF (Guillaume).

404 +34 — Nature morte ; corbeille de fruits divers, coupe remplie de fraises, assiette de gâteaux, artichaux et verres remplis de liqueurs, le tout posé sur une table.

ORIZONTI.

35 — Paysage, site italien. Les figures représentent la Fuite en Egypte.

DU MÊME.

36 — Paysage, campagne italienne ; figures de bergers gardant leur troupeau.

RUBENS (École de).

87 — Vénus allaitant les Amours.

LANCRET.

38 — Le Joueur de flûte.

SANTERRE.

39 — Vénus au bain.

MILLET (Francisque).

40 — Paysage, campagne de Rome, avec figures et animaux au premier plan.

ZAMPIERI (dit le Domniquin).

41 — Jésus au Jardin des Oliviers.

CARRACHE (École des)

42 — Mort de Lucrèce.

ÉCOLE ITALIENNE.

43 — Hercule filant aux pieds d'Omphale.

LÉPICIÉ.

44 — Tête de jeune fille.

POELENBURG (KORNELIS).

45 — Baigneuses sous des ruines.

MAAS (NICOLAS).

46 — Portrait d'un jurisconsulte enveloppé d'une longue robe de chambre avec collerette en dentelle ; il est assis à l'entrée d'un parc.

CARRÉ (MICHEL).

47 — Marche d'animaux.

BREEMBERG (BARTHOLOMEO).

48 — Dans un paysage près de ruines, Diane entourée de nymphes endormies.

HEEM (JEAN-DAVID DE)

49 — Sur une table est posé un plat d'argent qui contient des citrons, des oranges, un bol et deux verres.

LAJOUE.

50 — Sujet de chasse entouré d'arabesques.

TENIERS (David le père).

51 - Les Joueurs de dés, scène d'intérieur.

MARTIN (Signé 1761).

52 — Jeune femme représentée sous les traits de
l'Abondance.

VAN-LOO (Carle).

53 - Portrait en pied de Louis XV.

CASANOVA.

54 — Bataille. (Scène de guerre civile).

GHAUTROT.

55 — La Mort d'Attala.

ÉCOLE FRANÇAISE.

56 — Portrait de femme du temps de Louis XV.

HERSENT.

57 — Tête d'étude.

GÉRARD (École de).

58 — Buste de jeune femme.

SWAGERS (Caroline).

59 — Portrait de jeune fille.

REYNOLDS (Attribué à).

60 — Portrait de jeune garçon.

PARROCEL.

61 — Paysage : marche de cavaliers.

FRANCK (François).

62 — Portrait de la duchesse Marie d'Orléans ; riche
costume.

GRIVELLI.

63 — Oiseaux morts.

DU MÊME.

64 — Pendant du précédent.

ÉCOLE MODERNE.

65 — Intérieur d'un verger avec figures.

BOHEN (d'après).

66 — Intérieur, jeune fille endormie.

FRIEND.

67 — Paysage, soleil couchant.

TAUNAY.

68 — Le Colin-Maillard.

FRANCK.

69 — La Mise au tombeau.

ÉCOLE FLAMANDE.

70   Anacréon et Bacchantes.

BLOMEEN (Van).

71 Animaux au repos.

GOYEN (Van).

72   Brumes au bord d'une rivière.

VERNET (École de Joseph).

73 - Paysage, marine avec figures.

OSTADE (Genre de).

74   Intérieur flamand

COMTE (D'après Pierre-Charles).

75   Henri III et le duc de Guise.

76   Sous ce numéro seront vendus trente bons
tableaux que le temps ne nous a pas permis
de cataloguer.

77 - Nombre de bordures dorées.

Renou et Maulde, imprimeurs de la Compagnie des Commissaires-Priseurs,
rue de Rivoli, 144.

Dhios fils —————
Benoit —————
Delahaye —————
Katof —————
Tabure
Devreux — Suite
madame marin

Meffre

Chaffouin

chapelle,